Le lutin
du téléphone

Le lutin du téléphone

**MARIE-ANDRÉE ET
DANIEL MATIVAT**

Illustrations:
JEAN-MARC SAINT-DENIS

Données de catalogage avant publication (Canada)

Mativat, Marie-Andrée, 1945-

  Le lutin du téléphone

  (Collection Libellule)`.
  Pour enfants.

  ISBN 2-7625-4022-4

  I. Mativat, Daniel, 1944-   . II. Saint-Denis,
Jean-Marc. III. Titre. IV. Collection.

PS8576.A84L87 1989   jC843'.54   C89-096235-9
PS9576.A84L87 1989
PZ23.M37Lu 1989

Conception graphique de la couverture : Bouvry Designer Inc.
Illustrations : Jean-Marc Saint-Denis

Dépôts légaux : 3e trimestre 1989
Bibliothèque nationale du Québec
Bibliothèque nationale du Canada

ISBN : 2-7625-4022-4   Imprimé au Canada

LES ÉDITIONS HÉRITAGE INC.
300, Arran, Saint-Lambert, Québec J4R 1K5
(514) 875-0327

Viremaboul a cinq mille ans et mesure à peine trente centimètres. Pour un lutin, il est donc très jeune et très grand.

Dans son logis, au creux d'un sapin, il mène une existence agréable consacrée entièrement aux chiffres et à l'invention de diverses blagues, toutes plus originales les unes que les autres. Car les lutins, chacun le sait, ont deux passions : les farces et les mathématiques.

Lorsqu'ils sont d'humeur taquine, ils attachent ensemble vos lacets de souliers ou font des noeuds dans vos cheveux pendant que vous dormez. Rôties brûlées, balles de laine dévidées, clés cachées, tout les amuse !

Certains trouvent même très drôle de se dissimuler dans les bouteilles de ketchup. Vous tapez sur le fond de la bouteille : rien ne sort. Vous tapez plus fort, le coquin se retire brusquement du goulot... vous devinez le résultat...

Mais les lutins ont un autre passe-temps : ils adorent jongler avec les nombres !

Ainsi, ils n'hésitent pas à se plonger dans de savants calculs pendant plusieurs siècles afin de résoudre un problème réputé insoluble.

Les uns entreprennent de compter une à une les étoiles tandis que d'autres, crayon à la main, notent sur leur calepin la chute de chaque flocon de neige.

Viremaboul, pour sa part, est un maître en farces et attrapes, doublé d'un génie des mathématiques. Une célébrité dans le monde des lutins!

Qui, pendant longtemps, a réussi à faire croire aux hommes que la Terre était plate comme une assiette? Qui a inventé le poil à gratter, le cigare explosif, les formulaires d'impôts et les règles de grammaire française? Nul autre que Viremaboul!

Et en mathématiques il est imbattable! Vous lui lancez à brûle-pourpoint:

— Douze mille trois cent quarante-cinq multiplié par cinquante-quatre mille trois cent vingt et un?

Il répond en haussant les épaules:

— Six cent soixante-dix millions cinq cent quatre-vingt-douze mille sept cent quarante-cinq. Pourquoi?

Vous lui soumettez ce problème:

— Un magicien tire de son chapeau trois lapins blancs, autant de lapins noirs, neuf ballons, une douzaine de bouquets de fleurs et huit oiseaux. Que lui reste-t-il, si la moitié des lapins prend la poudre d'escampette, et si les autres mangent le tiers des fleurs, tandis que les trois quarts des oiseaux s'envolent et que leurs compagnons crèvent les deux tiers des ballons?

En deux secondes, il vous livre la solution et vous révèle en plus l'âge du magicien et la pointure de ses souliers!

Impossible de le piéger!

Pourtant, il est une question à laquelle Viremaboul n'a toujours pas trouvé de réponse.

Elle lui a été posée, il y a mille ans, par un vieux savant rusé, désireux de se débarrasser de sa présence importune:

— Toi, qui es si malin, peux-tu me dire quel est le plus gros chiffre du monde?

Viremaboul l'ignorait. Aussi, depuis ce jour fatidique, installé devant son boulier compteur, énumère-t-il inlassablement les unités, les dizaines, les centaines, les milliers, les millions, les milliards, les billions, les trillions...

Cependant, aujourd'hui, il a décidé de s'accorder une petite pause.

D'ailleurs, comment faire autrement? Durant toutes ces années, sa barbe a tant

poussé qu'elle fait maintenant sept fois le tour
de son tabouret et commence à le gêner
sérieusement.

— Il faut que je fasse tailler ma barbe et
couper mes cheveux. Je dois aller chez le
barbier, bougonne-t-il.

Viremaboul n'a pas mis le nez dehors depuis une éternité et il est impatient de revoir sa forêt !

Il se réjouit d'avance à la pensée de rencontrer à nouveau les fées qui viennent toujours laver leur longue chevelure dans l'eau claire des sources ! S'il tend l'oreille il pourra même percevoir les ronflements des dragons endormis au fond des grottes !

Sa barbe soigneusement enroulée autour du cou, il jette un coup d'oeil vers l'extérieur.

Imaginez sa surprise en découvrant... une rue bruyante, grouillant à ses pieds !

Tout est chamboulé !

Au coeur de la vaste clairière, où paissaient autrefois les licornes, s'élève maintenant un supermarché!

Sur l'emplacement de l'étang, jadis couvert de nénuphars, se dresse une discothèque!

Et, comble d'effronterie, on a rasé le bois sacré pour y construire une pizzeria!

Viremaboul fronce les sourcils. Quelqu'un se moque de lui!

Comme il a sa petite idée sur l'origine de tous ces sortilèges, il décide de descendre de son arbre sans plus tarder.

Habituellement, Viremaboul va jusqu'à la pointe d'une haute branche, saute sur place deux ou trois fois, puis s'élance dans les airs, avant de se laisser glisser de branche en branche, enivré par l'odeur du conifère.

Cette fois, en avançant un pied hors de son logis, il ne trouve aucun appui! ...Le vide! Épouvanté, il ferme les yeux et recule prestement.

— Ouf! soupire-t-il en s'épongeant le front.

Incrédule, il soulève lentement la paupière gauche... Malheur! Ce n'est pas un mirage! Son beau sapin bleu a été entièrement ébranché, dépouillé de son écorce et transformé en vulgaire POTEAU!

Remontant sa culotte sur son ventre rebondi, le lutin, les poings aux hanches, s'indigne :

— Encore un coup de Fripouillard, le lutin du vieux chêne ! Il m'a toujours envié mon arbre !

Heureusement, Viremaboul s'y connaît en magie verte ! Il exécute deux tours de passe-passe en prononçant la formule appropriée :

— *Fleur de cactus, terminus d'autobus, cervelle de diplodocus...*

Le résultat est instantané.

Le misérable poteau badigeonné de créosote se redresse bourgeonnant de partout et poussant des branches dans toutes les directions.

En quelques secondes, le sapin a retrouvé sa taille initiale et ses deux millions six cent vingt-trois mille neuf cent quarante-quatre aiguilles !

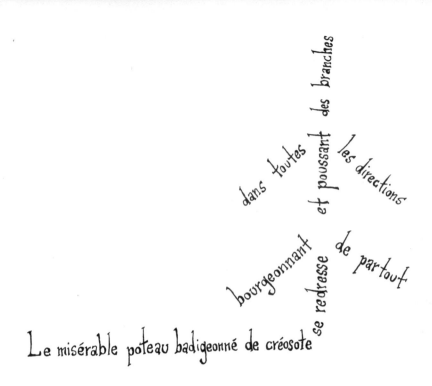

Le misérable poteau badigeonné de créosote se redresse bourgeonnant de partout dans toutes les directions et poussant des branches

Pas un cône ne manque.

Du travail de précision, digne d'un vrai lutin!

Viremaboul peut enfin partir.

Malheureusement, impossible de retrouver le champignon géant qui abritait auparavant le salon du barbier.

Et que de problèmes en chemin ! Pensez donc... circuler en pleine ville, par une chaleur suffocante, avec une barbe de neuf mètres dix en guise d'écharpe ! Derrière ses petites lunettes rondes, notre lutin n'y voit guère.

Viremaboul, désorienté, ne souhaite plus qu'une chose : rentrer à la maison le plus rapidement possible ! Il demande donc au facteur si la vieille sorcière, qui louait des balais volants, habite encore le quartier. L'employé des postes, effaré, lui lance une pluie de lettres et s'enfuit en hurlant.

Partout il reçoit le même accueil déroutant.

Au coin d'une rue achalandée, un énorme chat de gouttière le prend en chasse. À bout de souffle, il trouve refuge dans l'entrée d'un immeuble.

— Sauvé ! soupire-t-il.

Mais la concierge, soucieuse de la propreté des lieux, le repousse à coups de balai.

Une bande d'enfants part alors à sa pour-
suite, le confondant avec une poupée
mécanique...

Viremaboul met ainsi trois heures pour
retrouver son chemin!

3

— Décidément, Fripouillard exagère. La plaisanterie a assez duré ! s'écrie Viremaboul qui décide d'aller, sur-le-champ, lui en toucher deux mots.

À son grand étonnement, le chêne a disparu.

Fripouillard aussi.

Viremaboul a beau appeler son vieux compère par ses treize noms, y compris les plus secrets... personne ne répond.

Il gratte longuement son crâne dégarni dissimulé sous un coquet bonnet pointu.

Il doit se rendre à l'évidence : cette ville étrange n'est pas une illusion.

— Qui donc a osé transformer ainsi ma forêt ? s'interroge Viremaboul, indigné.

Au retour, il croise un camion sur lequel il lit :

DYNAMIQUE TÉLÉPHONE
LE PROGRÈS À VOTRE SERVICE
DEPUIS PLUS DE 100 ANS

Viremaboul hâte le pas. Il redoute de nouveaux ennuis.

En approchant de sa demeure, il découvre avec horreur que son conifère est à nouveau dénudé de la tête au pied!

— Encore!

Le lutin fait appel une fois de plus à ses talents de magicien.

Un claquement de doigts et le sapin retrouve toute sa splendeur. Pressé de monter à ses appartements, Viremaboul, l'index posé sur son nombril, répète trois fois de suite:

— *Minibus, cumulus et stradivarius! Minibus, cumulus et stradivarius! Minibus...*

Telle une fusée, il s'élève subitement dans les airs!

L'instant d'après, il pénètre dans son logis, s'empare d'une paire de ciseaux, coupe ses cheveux et taille grossièrement sa barbe.

«Je dois rêver... demain tout sera rentré dans l'ordre», pense-t-il en s'écroulant dans sa berceuse.

Erreur! Au petit matin, il est brutalement tiré de son sommeil par des bruits bizarres.

ROOOAAaaaaa!   ROOOAAaaaaa!
ROOOAAaaaaa!

Il se rappelle en avoir entendu de semblables plusieurs années auparavant. Mais, absorbé par ses travaux mathématiques, il n'y avait pas prêté attention.

ROOOAAAaaaa! ROOOAAAaaaa...

Viremaboul risque un coup d'oeil au dehors :

— Quoi ?

Une fois de plus, notre ami constate qu'on s'est attaqué à sa propriété.

Plus bas, il aperçoit des ouvriers occupés à ranger tranquillement leur tronçonneuse dans un véhicule identifié au nom de la compagnie de téléphone.

« C'est donc ça ! » se dit Viremaboul. Il lève alors un poing menaçant dans leur direction et les prévient :

— Vous feriez mieux de laisser cet arbre en paix, bandes de vandales ! Je ne me laisserai pas écraser par le progrès !

Désormais, Viremaboul connaît ses ennemis et, pendant des mois, leur mène une lutte sans merci.

Chaque matin, les employés de la DYNA-MIQUE TÉLÉPHONE émondent le sapin. Chaque soir, Viremaboul le regarnit de toutes ses branches et de toutes ses aiguilles.

Coupe... Repousse... Coupe... Repousse... Poteau... Sapin... Poteau... Sapin... Potin... Sapeau... Sotin... Papeau...

Fatigué de ces tracasseries journalières, Viremaboul décide d'employer les grands moyens : il couvre son conifère d'écailles tran-chantes, s'assure les services d'une nuée d'abeilles sauvages, d'un bataillon de neuf mouffettes et de treize carcajous pour monter la garde. Rien n'y fait !

Il fixe même à son arbre un grand panneau :

En vain.

Après deux cent trente-six jours d'une lutte aussi épuisante qu'absurde, Viremaboul fait une découverte sensationnelle : croyez-le ou non, les fils tendus au sommet de son sapin PARLENT!

Des fils magiques qui tiennent d'étranges conversations :

— Allô? madame Lajasette? Avez-vous appris la dernière nouvelle?

— Eh oui, madame Babillard, c'est épouvantable!

ou :

— Allô? monsieur Malo? Je suis désolée d'avoir à vous annoncer que votre projet est à l'eau...

ou bien :

— Pronto ? Ici Luigi, le roi du spaghetti !

— Allô ! Allô ! Parlez plus fort, je vous prie...

ou encore :

— Bonjour, gros nounours, comment vas-tu ?

— Il n'y a pas de gros nounours ici ! Vous avez composé un faux numéro.

Viremaboul écoute attentivement. Que signifie ce charabia ?

Suspendu à une branche par la pointe recourbée de ses chaussons, il réfléchit.

Bientôt, un déclic se produit dans son cerveau. Il comprend enfin pourquoi tous ces travailleurs s'acharnent sur son sapin : sans son arbre, les fils s'emmêleraient et les communications s'embrouilleraient !

— S'il en est ainsi, on va bien rire! marmonne Viremaboul.

Il croise deux doigts et trace dans l'espace une série d'arabesques.

Aussitôt, les fils téléphoniques se mettent à suivre le mouvement, dansant dans les airs pour finalement s'entrelacer et se nouer en une gigantesque pelote bourdonnante.

Quelle cacophonie!

— Pronto!
Les spaghettis sont à
l'eau. — Allô? Pourrais-je
parler à Luigi Lajasette, s'il
vous plaît? — Je regrette, monsieur
Malo est présentement absent,
mais gros nounours se fera un
plaisir de vous ren-
seigner...

Viremaboul triomphe! Cette fois, il estime qu'il faudra bien un mois aux techniciens pour démêler tous les fils. Il retourne donc tranquillement à son boulier.

Seulement voilà, Viremaboul n'est pas au bout de ses peines! Il ne se rappelle plus à quel chiffre il s'est arrêté de compter.

Il recommence donc à zéro : 0 — 1 — 2 — 3 — 4 — 5 — 6... misère!... 7 — 8 — 9 — 10... au moins cent milliards de retard! Je n'en finirai pas! Jamais je n'atteindrai le plus gros nombre du monde! 11 — 12 — 13 — 14...

Pauvre Viremaboul! Deux semaines se sont à peine écoulées qu'un ouvrier, chaussé de bottes cloutées, escalade le sapin et, de sa grosse main, force l'entrée de son logis.

Imaginez sa frayeur en voyant ces doigts énormes fouiller dans son salon, fracassant le fragile mobilier et cherchant visiblement à le capturer.

Viremaboul repousse ces attaques à coups de pied et casse son boulier sur cette main monstrueuse.

Comme elle s'entête, malgré tout, à ramper vers lui, il sort de son buffet une salière remplie de poudre de perlimpinpin.

Quelques grains saupoudrés sur les phalanges poilues... PAF! La main disparaît comme par enchantement.

On entend un bruit de chute, suivi d'un grand cri :

Ah!
   Ah!
      Ah!
         Ah!
            Ah!
               Ah!
                  Ah!

Viremaboul glousse de plaisir.

Au pied de l'arbre, un gros crapaud, coiffé d'un casque de construction, se tient accroupi près d'un walkie-talkie d'où sort une voix incrédule :

— Quoi? Quoi? Quoi? Que dis-tu, Georges? Réponds-moi!

— Coâ! Coâ! Coâ! reprend le batracien.

Le temps passe... La lutte entre la compagnie de téléphone et Viremaboul s'éternise.

Les gens du quartier ont fini par s'habituer.

— Tiens, ce matin c'est un sapin!

— Mais non, c'est un poteau. Regardez!

— Eh oui, ils l'ont encore plumé!

— Vous avez vu? Le lutin a changé le camion en citrouille tirée par des souris. Ça me rappelle les contes de mon enfance.

— Hier, c'était plus amusant! Il en avait fait une diligence criblée de flèches.

Bref, personne ne voit d'issue à cette querelle.

Pourtant, un jour, à l'heure de la sieste, une splendide limousine s'immobilise sous le conifère de Viremaboul.

Un petit homme nerveux en descend. C'est le directeur de la compagnie de téléphone. D'une main, il agite un mouchoir blanc, de l'autre, un papier officiel.

— Monsieur le lutin! Monsieur le lutin! crie-t-il à tue-tête, je vous en supplie, signons une trêve!

Confortablement allongé sur une branche, Viremaboul, méfiant, observe sans bouger.

Quelques mètres plus bas, l'important personnage poursuit :

— Mes ouvriers n'en peuvent plus! Après avoir ébranché votre arbre soixante-trois fois en une semaine, ils menacent de se mettre en grève. Quelques-uns sont même sur le point de perdre la raison. L'un d'eux s'entête à se prendre pour un crapaud. Il faut mettre un terme à ces affrontements ridicules.

Vif comme un singe, Viremaboul fait son apparition, juste sous le nez du bonhomme.

— Ainsi vous capitulez! Dommage...
J'aurais pourtant aimé recevoir encore la
visite de quelques-uns de vos employés,
ricane-t-il. J'avais en réserve d'autres méta-
morphoses. Je prévoyais les transformer en
gentils cochons roses à la queue en tire-
bouchon...

— Non! Non! Plus de tours! J'ai là un docu-
ment attestant que ma compagnie est prête à
vous donner pleine et entière propriété de
votre arbre. Mieux! Je suis disposé à vous
proposer du travail.

Viremaboul éclate d'un grand rire.

— Que pourrais-je faire? Je ne connais rien
à votre entreprise. Ma spécialité, ce sont les
chiffres.

— Les chiffres... Quel heureux hasard!
Quelle chance inouïe! Vous êtes destiné à
devenir un pilier de la Dynamique Téléphone.
Nous comptons plus de cinq cents millions
d'abonnés à travers le monde, chacun possé-
dant un numéro de sept chiffres, sans comp-

ter les indicatifs régionaux! Apprenez-les tous et je vous offre un poste de direction au service des renseignements.

Viremaboul écoute, perplexe.

— Vous serez un lutin moderne, ajoute le directeur. Le premier lutin du téléphone!

Plus de trois milliards et demi de chiffres à apprendre par coeur! Le défi est séduisant.

Viremaboul accepte.

En une soirée, il mémorise les annuaires téléphoniques du Canada, de la France, de la Belgique et des États-Unis.

Quinze jours plus tard, il connaît les numéros de téléphone de la planète entière!

Depuis, Viremaboul vit en paix dans son arbre. Il a reçu une casquette à galon doré, sa barbe est taillée à la longueur réglementaire et il ne quitte pas des yeux la console conçue expressément pour lui par des spécialistes de la miniaturisation.

Dès qu'un voyant rouge clignote, hop! il décroche.

— Allô? Viremaboul à votre service. Quel numéro désirez-vous?

Un employé modèle!

— Une vraie perle! répète son patron.

Pourtant, certains jours, l'oeil de Viremaboul se remet à pétiller de malice. Tel un enfant gourmand, qui serait tenté de plonger son doigt dans un pot de confitures, il résiste... résiste... et, finalement, il craque, redevenant lutin le temps d'une farce.

D'ailleurs, vous avez sans doute été sa victime.

Les faux numéros à deux heures du matin... C'EST LUI!

La friture sur la ligne... ENCORE LUI!

La sonnerie qui retentit pendant que vous êtes sous la douche... La communication cou-

pée... Les publicités enregistrées... TOU-JOURS LUI!!!

Enfin, le relevé de compte à la lecture duquel vous vous êtes évanoui... Ne cherchez pas, il doit aussi y être pour quelque chose!

Et si jamais, un jour, après avoir composé dix fois de suite un numéro occupé, vous vous écriez : «Mais enfin, je deviens fou... je vire maboul!», ne vous étonnez pas d'entendre une voix flûtée vous répondre :

— À votre service!

Les auteurs
Marie-Andrée et Daniel Mativat écrivent ensemble depuis six ans. Ils ont déjà publié cinq romans pour la jeunesse. Faux numéros, publicités enregistrées, la sonnerie du téléphone les importune si souvent qu'ils ont parfois l'impression que cet appareil est possédé par un lutin farceur.

L'illustrateur
Malgré son jeune âge, Jean-Marc Saint-Denis exploite déjà des talents multiples. Il exerce ses dons d'illustrateur pour des revues et des manuels scolaires, des B.D. et des livres pour enfants. En plus, il joue de plusieurs instruments à cordes et compose de la musique. Son premier disque sortira bientôt. Il prépare également un roman d'action dont il fera aussi les illustrations. Tout ça à vingt ans seulement!

La collection Libellule propose aux lecteurs de sept ans et plus de brefs récits et de petits romans palpitants écrits par des auteurs qui connaissent bien les jeunes. On y trouve des personnages attachants qui évoluent dans des situations inspirées de la vie quotidienne. Une typographie et une mise en page aérées augmentent le plaisir de lire des textes où l'humour et la joie de vivre sont toujours présents. Chaque ouvrage comporte une note biographique sur l'auteur et l'illustrateur.

Les petits symboles placés devant chaque titre indiquent le degré de difficulté de l'ouvrage.

= texte moins long et plus facile.
= texte plus long et moins facile.

X0079780 1

ACHEVÉ D'IMPRIMER EN OCTOBRE 1989 SUR LES PRESSES DE PAYETTE & SIMMS INC. À SAINT-LAMBERT, P.Q.